Le Parfum

FichesdeLecture.com

Le Parfum
(Fiche de lecture)

I. INTRODUCTION

Le Parfum, Histoire d'un meurtrier, est un roman de l'écrivain allemand Patrick Süskind. Il paraît pour la première fois en 1985. C'est désormais un best-seller mondial, traduit dans des dizaines de langues et adapté au cinéma.

Il raconte l'histoire de Grenouille, de sa naissance à s mort ; le héros devient un tueur au don inné pour les parfums...

II. RÉSUMÉ DU ROMAN

Jean-Baptiste Grenouille naît à Paris au début du XVIIIe siècle. Sa mère, une poissonnière, accouche de lui derrière un étal et l'abandonne là. Le bébé est sauvé par des passants qui l'entendent pleurer. Étrangement, il n'a pas d'odeur. Sa mère est condamnée à mort et exécutée pour son geste et d'autres infanticides de par le passé.

Grenouille reste donc orphelin et enfant bâtard, isolé et sans famille. On le confie à Jeanne Bussie (qui le prend pour un démon), puis à Madame Gaillard, une femme dérangée qui sert de nourrice à plusieurs orphelins.

À 8 ans, l'enfant est placé en apprentissage chez un tanneur nommé Grimal. On l'exploite tant qu'il manque de mourir sous la pénibilité du travail. Mais avoir survécu à l'anthrax lui permet de gagner une petite marge de manœuvre dans son travail et de garder son emploi.

Grenouille erre beaucoup dans Paris, en quête permanente de nouvelles senteurs et de parfums, car il a un odorat unique au monde, très développé. Un jour qu'il se promène à travers la ville, il sent le parfum le plus merveilleux qu'il ait jamais senti. Il s'agit de celle d'une jeune fille. Après avoir repéré son odeur à distance, il la suit jusqu'à ce qu'il se retrouve près d'elle dans un coin sombre. Au moment où elle se retourne vers lui, il l'étrangle. Ce meurtre lui permet de s'approprier le parfum de sa victime ; non seulement il ne ressent aucun remords, mais il s'agit même du plus bel instant de sa vie.

Une nuit, il est amené à livrer des peaux de chèvre pour Baldini, un parfumeur. Il le supplie de l'employer, et cherche à lui prouver à quel point il a un odorat développé et un don pour se souvenir des subtils mélanges qui permettent de créer des parfums. Sa démonstration est telle que Baldini, impressionné, le « rachète » à Grimal afin qu'il vienne travailler pour lui. Il ne s'y trompe pas, puisqu'il fait fortune grâce aux talents de Grenouille.

Grenouille tombe de nouveau malade, mais il survit, notamment lorsqu'il apprend que le Sud de la France est un bon endroit pour découvrir de nouvelles méthodes pour travailler les parfums. Il quitte Baldini et part pour la ville de Grasse, afin d'apprendre la distillation.

Il ne parvient à Grasse que sept ans plus tard, après s'être arrêté dans une grotte et avoir médité sur les essences et parfums recueillis depuis le début de sa vie. En descendant de la montagne, Grenouille à l'apparence d'un sauvage. Un noble un peu « savant fou », le marquis de Taillade-Espinasse, le prend sous son aile pour démontrer une théorie pseudo-scientifique. Suite à une mise en scène, Grenouille s'esquive et rejoint Grasse, où il travaille dans une plus petite parfumerie, ce qui lui permet d'enrichir ses techniques de distillations (notamment l'enfleurage à froid) et ses sujets de travail, comme des objets inanimés et plus seulement des fleurs. En travaillant sur des animaux, il s'aperçoit que les tuer est le meilleur moyen d'obtenir leur odeur de manière satisfaisante.

Grenouille est désormais décidé à recréer l'odeur de la fille qu'il a tuée à Paris, à partir du parfum d'une autre jeune femme rousse vivant à Grasse, Laure Richis. Il imagine alors un plan pour créer l'essence dont il rêve, mais pour cela, il a besoin d'autres parfums pour le rendre parfait.

Dès lors, Grenouille devient un véritable tueur en série : il assassine 24 jeunes femmes vierges dans la région, puis il distille leurs parfums à froid et les conserve dans des flacons. Son coup final est de parvenir à assassiner et récupérer l'odeur de Laure.

Il est finalement arrêté, mais, grâce à sa maîtrise des parfums et notamment son œuvre « maîtresse », qui lui permet de contrôler les sentiments des gens, Grenouille parvient à se faire passer pour innocent alors qu'il atteint l'échafaud, et il est relâché.

Maintenant qu'il a atteint son objectif, Grenouille erre, déprimé et suicidaire, car il n'a plus de parfums merveilleux à découvrir ou créer. Il revient à Paris, s'asperge de sa création et est tué par la foule, qui le dévore.

III. PRÉSENTATION DES PERSONNAGES PRINCIPAUX

Jean-Baptiste Grenouille

Tout le roman raconte sa vie. Il naît au début du récit et a vingt-neuf ans à la fin. Sa mère morte, il ne lui reste aucune famille. Enfant, il est extrêmement timide et renfermé et se tient à l'écart des autres enfants. Ceux-ci le martyrisent pour avoir finalement peur de lui. Il survit à de nombreuses maladies et boite. Il possède un odorat hors du commun et n'a pas peur dans le noir. C'est un grand solitaire. En grandissant, c'est un travailleur endurant, plein d'ardeur, soumis et docile. Il se fait honteusement exploiter par ses patrons, mais prend sa revanche en apprenant le plus possible les nombreuses techniques de parfumerie. Ce qu'il aime par-dessus tout, c'est la chasse aux odeurs. Il ne recule devant rien pour assouvir ses passions. Il est égocentrique et narcissique : « *Je te remercie, dit-il à mi-voix, je te remercie, Jean-Baptiste Grenouille, d'être tel que tu es !* » Il n'éprouve aucun remords suite à ses crimes. Il désire prendre le contrôle des autres êtres humains et exercer son pouvoir sur eux avec ses parfums. Il deviendra un tueur en série froid et déterminé.

Jeanne Bussie

Première nourrice de Grenouille. Elle rapporte l'enfant au père Terrier du cloître Saint-Merri car elle dit qu'il n'a pas d'odeur. Elle le croît possédé du démon.

Le Père Terrier

Un prêtre tranquille, responsable de la gestion des bonnes œuvres de son couvent et de la distribution d'argent aux pauvres et aux nécessiteux. C'est un homme instruit. Il a étudié la théologie, lu les philosophes et il s'occupe de botanique et d'alchimie. Il est responsable de Grenouille au cloître Saint-Merri. Il combat les idées superstitieuses du populaire : sorcellerie, divination... Il se débarrasse de Grenouille en le confiant à Mme Gaillard.

La mère de Grenouille

Elle a tout juste vingt-cinq ans, jolie. Souffre de la goutte, la syphilis et un peu de phtisie. Elle est poissonnière dans la rue aux Fers. Elle espère vivre encore longtemps, peut-être cinq ou dix ans, se marier un jour et avoir de vrais enfants. Grenouille est son cinquième enfant, mais tous les autres sont mort-nés. Elle se fera couper la tête en place de Grève suite à l'accouchement de Grenouille.

Madame Gaillard

Deuxième nourrice de Grenouille. Elle n'a pas encore trente ans, mais intérieurement, elle est morte depuis longtemps. Enfant, elle a perdu l'odorat à la suite d'un coup de pique-feu que son père lui a flanqué sur le front, juste au-dessus de la base du nez. Elle n'éprouve rien, aucune émotion. Son mari la battait. Il est mort du choléra à l'Hôtel-Dieu. Elle possède un sens implacable de l'ordre et de la justice. Elle amasse de l'argent car elle veut mourir chez elle et non à l'Hôtel-Dieu comme son mari. Elle décèle chez Grenouille certaines capacités et particularités peu communes : il n'a pas peur du noir et est capable de voir à travers les murs. Elle veut se débarrasser de Grenouille car elle croît qu'il possède le don de seconde vue. Lorsque Grenouille a huit ans, elle le confie à un tanneur : M. Grimal.

Monsieur Grimal

Maître-tanneur. Il possède une tannerie dans la rue de la Mortellerie, près du fleuve. Il fait travailler Grenouille comme une bête. Il l'envoie livrer une commande chez Baldini. Grenouille le quittera à l'âge de quinze ans. Il tombera dans le fleuve et se noiera.

Giuseppe Baldini

Maître-parfumeur et gantier. Il possède une boutique sur le Pont-au-Change. Il a largement dépassé la soixantaine. Il est très conservateur et déteste la nouveauté, l'agitation et le changement : « *Toute invention lui était fort suspecte, car elle signifiait toujours qu'on enfreignait une règle.* » C'est un grand admirateur de Pascal. Il déteste et méprise Pélissier, son concurrent, mais copie ses parfums. Avant l'arrivée de Grenouille, il n'a presque plus de clientèle et son affaire périclite. Il exploite Grenouille et s'approprie toutes ses formules de parfums. Il réalise alors ses rêves de grandeur et devient le plus grand parfumeur d'Europe. Il laisse finalement Grenouille partir à l'âge de dix-huit ans. Il périra dans l'effondrement de sa maison du Pont-au-Change.

Antoine Pélissier

Maître-parfumeur, trente-cinq ans, son père était vinaigrier. Il est le principal concurrent de Baldini. À chaque saison, il lance un nouveau parfum qui remporte toujours un énorme succès. Il est le créateur du parfum « *Amor et Psyché* ». Il ne suit pas la mode, il la crée. Il possède une créativité débridée. Il est à la tête d'une immense fortune qui s'accroît de jour en jour.

Le Marquis Taillade-Espinasse

Suzerain et membre du parlement de Toulouse. À quarante ans, il tourne le dos à Versailles et à sa vie de cour et se retire sur ses terres où il se consacre aux sciences. Il possède un hôtel à Montpellier. C'est un charlatan. Il écrit une thèse sur un gaz délétère, qu'il appelle « fluide létal » et qui, selon lui, paralyserait les énergies vitales. Il est aussi un inventeur. Il invente un appareil à ventilation d'air vital. Il voit en Grenouille la preuve vivante de sa théorie et l'exhibe dans des conférences scientifiques. Il mourra dans l'escalade du pic du Canigou, entreprise dans le but de se faire de la propagande.

Madame Arnulfi

Veuve du maître parfumeur Honoré Arnulfi. Elle a repris l'affaire de son mari dans la rue de la Louve. Femme brune et vive d'environ trente ans, elle possède un bon sens des affaires.

Dominique Druot

Travaille avec Madame Arnulfi comme compagnon. Il est aussi son amant. C'est un colosse. Il épouse Mme Arnulfi en justes noces et est promu maître gantier et parfumeur. Il rend de fréquentes visites à la taverne des « Quatre-Dauphins ». Il laisse faire le plus gros du travail à Grenouille. Il sera pendu pour les crimes de celui-ci.

Antoine Richis

Remplit la charge de deuxième consul et habite une belle demeure au début de la rue Droite à Grasse. Veuf, n'a pas encore la quarantaine. C'est de très loin le bourgeois le plus fortuné de tout le pays. Il possède des propriétés terriennes dans la région de Grasse et près de Vence et du côté d'Antibes. Il possède aussi des immeubles à Aix, des maisons à la campagne, des parts sur des navires commerçant avec les Indes, un comptoir permanent à Gênes et le plus grand entrepôt de France pour la parfumerie, les épices, les huiles et les cuirs. Il idolâtre son unique fille Laure et est honteux du désir qu'elle éveille en lui. Il est calme, courageux et ferme. Il n'est pas homme à se laisser dicter ses décisions par autrui. Il a peur que le meurtrier s'attaque à Laure. Il possède un bon raisonnement et analyse les motivations du tueur avec beaucoup de lucidité. Il est ambitieux et intelligent.

Laure Richis

Fille d'Antoine Richis. Elle a seize ans, les cheveux d'un roux profond et les yeux verts. Son visage est ravissant. Elle fait l'admiration de tous les visiteurs. Elle est tout simplement merveilleuse. C'est une créature splendide et unique.

Monsieur Papon

C'est le bourreau chargé de l'exécution de Grenouille. Il doit lui asséner douze coups d'une barre de fer qui lui briseront les articulations des bras, des jambes, des hanches et des épaules.

IV. AXES DE LECTURE DE L'OEUVRE

Le contexte historique

L'histoire se passe au XVIIIe siècle en France. La naissance de Grenouille a lieu le 17 juillet 1738, dans la ville de Paris. À cette époque, il règne une puanteur inimaginable selon l'auteur. Les conditions d'hygiène sont déplorables et l'activité des bactéries ne rencontre aucune limite. Les mœurs et les activités commerciales de l'époque y sont très bien décrites.

L'art de la parfumerie au XVIIIe siècle

C'est un thème extrêmement présent tout au long du récit. L'art de l'analyse d'un parfum est démontré en la personne de Baldini qui respire son mouchoir imprégné de quelques gouttes du parfum de Pélissier : « *Du tiroir de son bureau, il tira un mouchoir frais, en dentelle blanche, et le déploya. Puis il retira le bouchon du flacon, en le tournant légèrement. Ce faisant, il rejeta la tête en arrière et pinça les narines, car pour rien au monde il ne voulait se faire une impression prématurée en sentant directement le flacon. Le parfum se sentait à l'état épanoui, aérien, jamais à l'état concentré. Il en fit tomber quelques gouttes sur le mouchoir, qu'il agita en l'air pour faire partir l'alcool et qu'il porta ensuite à son nez, en trois coups très brefs, il aspira le parfum comme une poudre, l'expira aussitôt et, de la main, s'envoya de l'air frais au visage, puis renifla encore sur le même rythme ternaire et, pour finir, aspira une longue bouffée, qu'il relâcha lentement, en s'arrêtant plusieurs fois, comme s'il la laissait glisser sur un long escalier en pente douce. Il jeta le mouchoir sur la table et se laissa tomber contre le dossier de son fauteuil.* »

Le lecteur a droit à une description précise de toutes les techniques de distillation et d'enfleurage servant à créer des parfums à l'époque. Les conditions de travail et les règles du commerce et de la vente des parfums sont aussi très bien démontrées : « *C'était alors le grand moment de Mme Arnulfi, qui venait tester le précieux produit, l'étiqueter et enregistrer méticuleusement dans ses livres la quantité et la qualité du butin. Après avoir en personne obturé les creusets, les avoir scellés et les avoir descendus dans les profondeurs fraîches de sa cave, elle mettait sa robe noire, prenait son voile de deuil et faisait la tournée des négociants et grossistes en parfum de la ville. En termes émouvants, elle dépeignait à ces messieurs sa situation de femme seule, se faisait faire des offres, comparait les prix, soupirait et enfin vendait... Ou ne vendait pas. »*

L'ambition

Plusieurs personnages nourrissent des ambitions secrètes. Certains réussissent à les réaliser, d'autres pas :

- Grenouille veut devenir le plus grand parfumeur de tous les temps et exercer un pouvoir absolu sur les gens grâce à ses parfums. Il veut créer le parfum parfait.

- Mme Gaillard amasse de l'argent pour pouvoir se payer une mort privée et ne pas finir à l'Hôtel-Dieu comme son mari.

- Baldini caresse les projets de fonder une filiale dans le faubourg Saint-Antoine, créer des parfums personnels pour une élite de clients très hauts placés, dont le roi lui-même, et devenir le plus grand parfumeur d'Europe.

- Chénier veut reprendre l'affaire de Baldini sans trop y croire.

- Le marquis Taillade-Espinasse projette de fonder une loge internationale dont le but serait de venir entièrement à bout du fluide létal pour lui substituer le fluide vital.

- Dominique Druot ambitionne de devenir premier maître parfumeur.

- Antoine Richis veut marier sa fille Laure à un homme de qualité en la personne d'Alphonse de Bouyon. Il veut fonder une dynastie et mettre sa postérité sur une voie qui menât à la plus haute considération sociale et à l'influence politique. Il veut s'allier à la noblesse provençale.

Pouvoir et domination

Le personnage de Grenouille est constamment dominé par quelqu'un d'autre, que ce soit ses nourrices ou ses patrons, il est complètement en leur pouvoir et est exploité honteusement. C'est sans nul doute pour cette raison qu'il s'éloigne de toute humanité pendant une période de sept années et qu'il développe une immense soif de pouvoir lui-même. Soif de pouvoir qu'il cherchera à concrétiser en créant des parfums avec lesquels il arrivera à influencer les émotions et les attitudes des gens à son égard.

Un héros mal-aimé

Le personnage de Grenouille est un mal-aimé. Il ne recevra pratiquement pas d'amour tout au long de sa misérable vie. Il a pourtant soif d'amour, une soif inépuisable d'être semblable aux autres, d'être accepté du genre humain et de recevoir un peu de considération. Il n'a pas d'odeur humaine alors il s'en fabrique une et s'en asperge pour pouvoir se promener dans la foule et constater son effet sur les gens. Il désire tout simplement être comme les autres ce qu'il ne réussira jamais : « *Oui, il faudrait qu'ils l'aiment, lorsqu'ils seraient sous le charme de son parfum ; non seulement qu'ils l'acceptent comme l'un des leurs, mais qu'ils l'aiment jusqu'à la folie, jusqu'au sacrifice de soi, qu'ils frémissent de ravissement, qu'ils crient, qu'ils pleurent de volupté, sans savoir pourquoi, il faudrait qu'ils tombent à genoux comme à l'odeur de l'encens froid de Dieu, dès qu'ils le sentiraient, lui, Grenouille !* »

Odeurs, parfums

Bien sûr, il ne faut pas oublier les odeurs bien présentes dans l'histoire. Ce livre est un hymne aux odeurs de toutes sortes, les bonnes comme les mauvaises. C'est d'ailleurs la seule chose sur terre qui inspire de l'amour à Grenouille : « *Il était envahi par le bonheur de l'amoureux qui de loin guette ou observe sa dulcinée, sachant qu'il viendra la chercher dans un an. En vérité, Grenouille, la tique solitaire, cet être abominable, ce monstre de Grenouille, qui n'avait jamais éprouvé l'amour et ne put jamais l'inspirer, était ce jour de mars sous les remparts de Grasse, et il aimait, et cet amour le rendait profondément heureux. Certes, il n'aimait pas un être humain ; n'allez pas croire, par exemple, qu'il aimait cette jeune fille, là-bas, dans la maison au-delà du mur. Il aimait le parfum.* »

Dans la même collection en numérique

Les Misérables

Le messager d'Athènes

Candide

L'Etranger

Rhinocéros

Antigone

Le père Goriot

La Peste

Balzac et la petite tailleuse chinoise

Le Roi Arthur

L'Avare

Pierre et Jean

L'Homme qui a séduit le soleil

Alcools

L'Affaire Caïus

La gloire de mon père

L'Ordinatueur

Le médecin malgré lui

La rivière à l'envers - Tomek

Le Journal d'Anne Frank

Le monde perdu

Le royaume de Kensuké

Un Sac De Billes

Baby-sitter blues

Le fantôme de maître Guillemin

Trois contes

Kamo, l'agence Babel

Le Garçon en pyjama rayé

Les Contemplations

Escadrille 80

Inconnu à cette adresse

La controverse de Valladolid

Les Vilains petits canards

Une partie de campagne

Cahier d'un retour au pays natal

Dora Bruder

L'Enfant et la rivière

Moderato Cantabile

Alice au pays des merveilles

Le faucon déniché

Une vie

Chronique des Indiens Guayaki

Je voudrais que quelqu'un m'attende quelque part

La nuit de Valognes

Œdipe

Disparition Programmée

Education européenne

L'auberge rouge

L'Illiade

Le voyage de Monsieur Perrichon

Lucrèce Borgia

Paul et Virginie

Ursule Mirouët

Discours sur les fondements de l'inégalité

L'adversaire

La petite Fadette

La prochaine fois

Le blé en herbe

Le Mystère de la Chambre Jaune

Les Hauts des Hurlevent

Les perses

Mondo et autres histoires

Vingt mille lieues sous les mers

99 francs

Arria Marcella

Chante Luna

Emile, ou de l'éducation

Histoires extraordinaires

L'homme invisible

La bibliothécaire

La cicatrice

La croix des pauvres

La fille du capitaine

Le Crime de l'Orient-Express

Le Faucon malté

Le hussard sur le toit

Le Livre dont vous êtes la victime

Les cinq écus de Bretagne

No pasarán, le jeu

Quand j'avais cinq ans je m'ai tué

Si tu veux être mon amie

Tristan et Iseult

Une bouteille dans la mer de Gaza

Cent ans de solitude

Contes à l'envers

Contes et nouvelles en vers

Dalva

Jean de Florette

L'homme qui voulait être heureux

L'île mystérieuse

La Dame aux camélias

La petite sirène

La planète des singes

La Religieuse

1984 A l'Ouest rien de nouveau

Aliocha

Andromaque

Au bonheur des dames

Bel ami

Bérénice

Caligula

Cannibale

Carmen

Chronique d'une mort annoncée

Contes des frères Grimm

Cyrano de Bergerac

Des souris et des hommes

Deux ans de vacances

Dom Juan

Electre

En attendant Godot

Enfance

Eugénie Grandet

Fahrenheit 451

Fin de partie

Frankenstein

Gargantua

Germinal

Hamlet

Horace

Huis Clos

Jacques le fataliste

Jane Eyre

Knock

L'homme qui rit

La Bête humaine

La Cantatrice Chauve

La chartreuse de Parme

La cousine Bette

La Curée

La Farce de Maitre Pathelin

La ferme des animaux

La guerre de Troie n'aura pas lieu

La leçon

La Machine Infernale

La métamorphose

La mort du roi Tsongor

La nuit des temps

La nuit du renard

La Parure

La peau de chagrin

La Petite Fille de Monsieur Linh

La Photo qui tue

La Plage d'Ostende

La princesse de Clèves

La promesse de l'aube

La Vénus d'Ille

La vie devant soi

L'alchimiste

L'Amant

L'Ami retrouvé

L'appel de la forêt

L'assassin habite au 21

L'assommoir

L'attentat

L'attrape-coeurs

Le Bal

Le Barbier de Séville

Le Bourgeois Gentilhomme

Le Capitaine Fracasse

Le chat noir

Le chien des Baskerville

Le Cid

Le Colonel Chabert

Le Comte de Monte-Cristo

Le dernier jour d'un condamné

Le diable au corps

Le Grand Meaulnes

Le Grand Troupeau

Le Horla

Le jeu de l'amour et du hasard

Le Joueur d'échecs

Le Lion

Le liseur

Le malade imaginaire

Le Mariage de Figaro

Le meilleur des mondes

Le Monde comme il va

Le Parfum

Le Passeur

Le Petit Prince

Le pianiste

Le Prince

Le Roman de la momie

Le Roman de Renart

Le Rouge et le Noir

Le Soleil des Scortas

Le Tartuffe

Le vieux qui lisait des romans d'amour

L'Ecole des Femmes

L'Ecume Des Jours

Les Bonnes

Les Caprices de Marianne

Les cerfs-volants de Kaboul

Les contes de la Bécasse

Les dix petits nègres

Les femmes savantes

Les fourberies de Scapin

Les Justes

Les Lettres Persanes

Les liaisons dangereuses

Les Métamorphoses

Les Mouches

Les Trois mousquetaires

L'étrange cas du Dr Jekyll et de Mr Hyde

L'Ile Au Trésor

L'île des esclaves

L'illusion comique

L'Ingénu

L'Odyssée

L'Ombre du vent

Lorenzaccio

Madame Bovary

Manon Lescaut

Micromégas

Mon ami Frédéric

Mon bel oranger

Nana

Ne tirez pas sur l'oiseau moqueur

Notre-Dame de Paris

Oliver twist

On ne badine pas avec l'amour

Oscar et la dame rose

Pantagruel

Le Misanthrope

Perceval ou le conte du Graal

Phèdre

Ravage

Roméo et Juliette

Ruy Blas

Sa Majesté des Mouches

Si c'est un homme

Stupeur et tremblements

Supplément au voyage de Bougainville

Tanguy

Thérèse Desqueyroux

Thérèse Raquin

Ubu Roi

Un Barrage contre le Pacifique

Un long dimanche de fiançailles

Un secret

Vendredi ou la vie sauvage

Vipère au poing

Voyage au bout de la nuit

Voyage au centre de la terre

Yvain ou le Chevalier au lion

Zadig

À propos de la collection

La série FichesdeLecture.com offre des contenus éducatifs aux étudiants et aux professeurs tels que : des résumés, des analyses littéraires, des questionnaires et des commentaires sur la littérature moderne et classique. Nos documents sont prévus comme des compléments à la lecture des oeuvres originales et aide les étudiants à comprendre la littérature.

Fondé en 2001, notre site FichesdeLectures.com s'est développé très rapidement et propose désormais plus de 2500 documents directement téléchargeables en ligne, devenant ainsi le premier site d'analyses littéraires en ligne de langue française.

FichesdeLecture est partenaire du Ministère de l'Education du Luxembourg depuis 2009.

Plus d'informations sur www.fichesdelecture.com

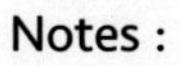